Estimados padres:
¡El amor de su niño hacia la lectura comienza aquí!

Cada niño aprende a leer de diferente manera y a su propio ritmo. Algunos niños alternan los niveles de lectura y leen sus libros preferidos una y otra vez. Otros leen en orden según el nivel de lectura correspondiente. Usted puede ayudar a que su joven lector tenga mayor confianza en sí mismo incentivando sus intereses y destrezas. Desde los libros que su niño lee con usted, hasta aquellos que lee solito, hay libros **"¡Yo sé leer!"** *(I Can Read!)* para cada etapa o nivel de lectura.

LECTURA COMPARTIDA
Lenguaje básico, repetición de palabras y maravillosas ilustraciones. Ideal para compartir con su pequeño lector emergente.

LECTURA PARA PRINCIPIANTES
Oraciones cortas, palabras conocidas y conceptos simples para aquellos niños que desean leer por su propia cuenta.

LECTURA CON AYUDA
Historias cautivantes, oraciones más largas y juegos del lenguaje para lectores en desarrollo.

LECTURA INDEPENDIENTE
Complejas tramas, vocabulario más desafiante y temas de interés para el lector independiente.

Los libros **"¡Yo sé leer!"** *(I Can Read!)* han iniciado a los niños al placer de la lectura desde 1957. Con premiados autores e ilustradores y un fabuloso elenco de personajes muy queridos, los libros **"¡Yo sé leer!"** *(I Can Read!)*, establecen un modelo de lectura para los lectores emergentes.

Toda una vida de descubrimiento comienza con las palabras mágicas **"¡Yo sé leer!"**

Para Maya Madelyn,
¡a quien le encantan
las granjas!
—A. S. C.

¡Yo sé leer!® y Yo sé leer libro® son marcas
registradas de HarperCollins Publishers.

Bizcocho y las llamitas, copyright © 2022, HarperCollins Publishers. Texto original © 2021, Alyssa Satin Capucilli; ilustraciones © 2021, Pat Schories. Todos los derechos reservados. Ninguna porción de este libro podrá ser reproducida o almacenada en ningún sistema de recuperación, o transmitida en cualquier forma o por cualquier medio —mecánico, fotocopia, grabación u otro— excepto por citas breves en revistas impresas, sin la autorización previa, por escrito, de la editorial HarperCollins Children's Books, una división de HarperCollins Publishers, 195 Broadway, New York, NY 10007. www.harpercollinschildrens.com. Impreso en Estados Unidos de América.
www.icanread.com

Library of Congress Control Number: 2021942619
ISBN 978-0-06-307100-1 — ISBN 978-0-06-307098-1 (pbk.)

22 23 24 25 26 LSCC 10 9 8 7 6 5 4 3 2 1
❖
Primera edición
Originalmente publicado en inglés, 2021
Tipografía de Chrisila Maida

¡Yo sé leer!

LECTURA
Mi
primer
libro
COMPARTIDA

Bizcocho y las llamitas

cuento por ALYSSA SATIN CAPUCILLI
ilustrado por ROSE MARY BERLIN
en el estilo de PAT SCHORIES
traducido por ISABEL C. MENDOZA

HarperCollins *Español*
Una rama de HarperCollinsPublishers

¡Qué lindo día de primavera
en la granja, Bizcocho!
¡Guau, guau!

Siempre hay cosas nuevas que
ver en la primavera.

¡Guau, guau!

Por aquí, Bizcocho.

Vamos a ver qué encontramos.

¡Guau, guau!

¡Mira, Bizcocho!

Hay cerditos.

¡Oinc, oinc!

¡Guau!

También has
encontrado potrillos.
¡Jiiii!
¡Guau!

¡Cachorro gracioso!

¿Y ahora qué viste?

¡Guau, guau!

No juegues con esa cuerda,
Bizcocho.

Vamos a ver qué otras cosas
nuevas hay en la granja.

¡Guau, guau!

Ven aquí, Bizcocho.

Hay corderos y cabritos

suavecitos.

¡Guau, guau!

Ay, no, Bizcocho.

¡Deja eso ya!

¡Guau!

Sigamos por aquí, Bizcocho.
Hay mucho más para ver
en la granja.

Vamos a ver qué más
encontramos.
¡Guau!

¡Espera, Bizcocho!

Regresa.

Los pollitos están por este lado.

¡Guau!

¡No seas tontito!
No es hora de jugar con
la cuerda.
Suéltala, Bizcocho…
¡Guau!

¡Oh, Bizcocho!

¿Y ahora qué encontraste?

¡Guau, guau!

Encontraste una llamita,
Bizcocho.

¡Guau, guau!

¡Cachorro gracioso!

¡Otra llamita te encontró a ti!

¡Guau, guau!

Puedes ir a correr y jugar
con las llamas, Bizcocho.
¡Guau!

Llévalas donde hay
hierba verde y fresca.
¡Guau!

También las puedes llevar
a conocer nuevos amigos.
¡Guau, guau!

Es divertido ver todo lo nuevo
que hay en la granja cada
primavera, Bizcocho.

¡Es aún más divertido
si es uno mismo quien
encuentra algo nuevo!
¡Guau, guau!